KB199934

외롭고 힘들 때 당신을 위하여
위기에 강해지는 기도시 명화 콜라보

아일랜드 축복기도

로사 신현림 엮음

사과꽃

외롭고 힘들 때 당신을 위하여
위기에 강해지는 기도시 명화 콜라보

아일랜드 축복기도

로사 신현림 엮음

사과
꽃

Vision of Saint Genevieve, Alphonse Osbert

여는 글

자신도 모르게 기도하는,
고단한 당신을 허그하며

사랑은 계절을 타지 않는 과일이며
누구나 먹을 수 있는 과일이다.
이 사랑의 과일은 명상과
기도와 희생을 통해
모든 사람의 손안에 들어갈 수 있다.

마더 테레사

슬픈 이와 더불어 슬퍼하고
마음 여린 이와 더불어
마음 여린 채로 흔들리며
기도한다 부족한 내 자신을 무릎꿇고
기도한다 가장 낮은 곳에 머물고
내가 가진 것을 나누고
아무 말을 안하기 보다 미소를 주겠다고

무표정보다 당신을 좋아한다고
당신을 보니 기분좋다고
그 따스한 말을 먼저 하겠다고
나를 너머 모두를 위해 기도한다
나의 기도는 허술하지만,

안개를 뚫고 나간다

기도라는 트랙터를 움직이면
땅의 질이 좋아진다
씨를 뿌리면 금세 싹이 튼다
어떤 힘든 일도
은총으로 바뀌고 만다

「참 기분좋은 기도」 신현림

여기 외국시는 제가 가끔씩 보던 기도시입니다. 한국시인들 시는 한용운, 윤동주부터 중견시인, 주목받는 20대 젊은 시인들까지 시가 다채롭습니다. 누구나 기도하지 않을 때조차 기도하는지 모릅니다. 우리 모두에게 위기에 강해지는 기도시가 필요합니다. 그래서 더 깊이, 더 선하게 살고, 사랑할 수 있다고 봐요. 홀로 있을 때나, 사람들이 모인 곳에 사랑의 하느님이 계시다고 저는 믿어요. 외국시, 한국시와 명화, 사진들을 힘들고 고단한 당신 곁에 놓아둡니다. 21세에 천주교 입교 후 천도교 신자인 어머니, 불교 쪽이던 아버지. 기독교로 합칠 때까지 가족들 속에서 여한 없이 신앙 고민을 했어요. 그래선지 이 귀한 시집을 만들게 되었나 봐요. 추천사를 써주신 이해인 수녀님, 그리고 함께 한 시인들께 마음 깊이 감사드립니다.

2019.2 로사 신현림

차례

3 저녁과 밤의 기도

4 우리의 기도시

5 시인 연보

Artworks of Henri Eugène Augustin, le Sidaner

1

아침 기도

천천히 살기

당신은 우리를 천천히 살도록 도우십니다
단순하게 움직이기를
부드럽게 바라보기를
텅 비어있음을 인정하기를
마음이 우리를 창조하도록 하기
아멘

마이클 루닉

아침 산책

감사를 뜻하는 말들은 많다.
그저 속삭일 수 밖에 없는 말들.
아니면 노래할 수 밖에 없는 말들.
딱새는 울음으로 감사를 전한다.
뱀은 빙글빙글 돌고
비버는 연못 위에서
꼬리를 친다.
솔숲의 사슴은 발을 구른다.
황금방울새는 눈부시게 빛나며 날아오른다.
사람은, 가끔, 말러의 곡을 흥얼거린다.
아니면 떡갈나무 고목을 끌어안는다.
아니면 예쁜 연필과 노트를 꺼내
감동의 말들, 키스의 말들을 적는다.

메리 올리버

아일랜드 축복기도

당신이 나아갈 길이 반듯이 닦여 있기를
훈풍이 항상 당신 뒤에서 불어주기를
태양이 당신의 얼굴을 따뜻하게 비춰주고
비가 당신의 대지를 포근하게 적셔주기를
우리가 다시 만날 때까지
하느님이 사랑의 손으로
당신을 따스히 부드럽게 잡아주시기를
안녕히, 그리고 하느님 축복이 함께하기를

May Prinsep, George Frederic Watts

일상

오늘 아침에도 일어나
이를 닦습니다
때로는 커피가 차다고
때로은 수프가 너무 뜨겁다고
불평합니다
간혹
5킬로그램만 살이 빠지고
입술가의 주름이 사라지길
바랍니다
이제 나는 지쳤어요
화가 납니다
내 아이들을 걱정합니다
친구들이 전화해주길 기다리고
모든 것이 제자리에 있길 바랍니다
내가 가고 싶은 곳을 꿈꿉니다
지금 그곳에 관해 말하고 싶습니다.

나는 아침에 산책했습니다.
마악 바람이 속삭이는 소리와
즐거운 불협화음의 새소리를 들었어요.

지그시 눈을 뜨고 걸으며
머리를 늘어뜨려 춤추는 나뭇가지들을 바라봅니다.
나는 장미들을 만지며
벨벳처럼 부드러운 장미의 입술들 위로 신선한 냄새를
맡습니다.

긴 한 시간 동안 혼자 앉아 있어도
결코 외롭지 않습니다.
나는 일합니다. 조용히
영혼으로 말하는 정신적인 목소리를 기다립니다.
모든 것이 생생히 살아 있음을 느낍니다.
나는 몹시 기쁩니다.

일레인 클리프트

하늘과 땅

나는 하늘과 땅 사이에 산다
불멸의 신적인 것을 가슴에 품고 있지만
방 안에 혼자 있으면 코를 후빈다
내 영혼 안에는 인도의 온갖 지혜가 자리하지만
한번은 카페에서 술취한
돈 많은 사업가와 주먹질로 싸웠다
나는 몇 시간씩 물을 응시하고
하늘을 나는 새들을 뒤쫓을 수 있지만
어느 주간 신문에 내 책에 대한
파렴치한 논평이 실렸을 때는 자살을 생각했다
세상만사를 이해하고 슬기롭게
마음의 평정을 유지할 때는
공자의 형제지만
신문에 오른 참석 인사의 명단에 내 이름이 빠져
있으면 울분을 참지 못한다
나는 숲 가에 서서 가을 단풍에 감탄하면서도
자연에 의혹의 눈으로 꼭 조건을 붙인다
이성의 보다 고귀한 힘을 믿으면서도
공허한 잡담을 늘어놓는 아둔한 모험에 휩쓸려
내 인생의 저녁

시간의 대부분을 보냈다
그리고 사랑을 믿지만
돈으로 살 수 있는 여인들과 함께 지냈다
나는 하늘과 땅 사이의 인간인 탓에
하늘을 믿고 땅을 믿는다

산도르 마라이

Landscape with pollard willows, camille corot, 1840

이렇게 기도합니다

아침마다 이렇게 기도합니다.
"신은 제 안에, 그리고 모든 이들 안에 계심을 믿습니다.
그분의 의지에 거스르는 일이라면 어떤 일도 하고 싶지
않습니다.
남을 욕되게 하거나 심판하는 일도 하고 싶지 않습니다.
저는 자신이 대접받고 싶은 대로 남을 대접하며
모든 이에게 사랑을 베풀길 원합니다."

저녁마다 이렇게 기도합니다.
"신은 제 안에 그리고 모든 이들 안에 계심을 믿습니다.
그분의 의지에 거스르는 일이라면
어떤 일도 하고 싶지 않았지만
오늘도 좋지 못한 일을 저지르고 말았습니다.
왜 그랬을까요?
다시 그런 일을 하지 않으려면 어떻게 해야 할까요?
말로든 생각으로든 남을 심판하지 않도록 저를
도와주십시오."

톨스토이

자연이 들려주는 말

나무가 하는 말을 들었습니다.
우뚝서서 세상에 몸을 내맡겨라.
너그럽고 굽힐 줄 알아라.
하늘이 하는 말을 들었습니다.
마음을 열어라. 경계와 담장을 허물어라.
그리고 날아올라라.
태양이 하는 말을 들었습니다.
다른 이들을 돌보아라.
너의 따뜻함을 다른 사람이 느끼도록 하라.
냇물이 하는 말을 들었습니다.
느긋하게 흐름을 따르라.
쉬지 말고 움직여라. 머뭇거리거나 두려워 말라.
작은 풀들이 하는 말을 들었습니다.
겸손하라. 단순하라.
작은 것들의 아름다움을 존중하라.

척 로퍼

뽕나무

자캐오는
우리의 주님을 보기 위해
나무에 올라갔다

로버트 프루스트

침묵 안에서

이제 열둘을 세면
우리 모두 침묵하자.

잠깐 동안만 지구 위에 서서
어떤 언어로도 말하지 말자.
우리 단 일 초만이라도 멈추어
손도 움직이지 말자.

그러면 아주 색다른 순간이 될 것이다.
바쁜 움직임도 엔진소리도 정지한 가운데
갑자기 밀려온 이 이상한 상황에서
우리 모두는 하나가 되리라.

차가운 바다의 어부들도
더 이상 고래를 해치지 않으리라.
소금을 모으는 인부는
더 이상 자신의 상처난 손을 바라보지 않아도 되리라.
전쟁을 준비하는 자들도

가스 전쟁, 불 전쟁

Woman at a Window, Caspar David Friedrich, 1822

생존자는 아무도 없고
승리의 깃발만 나부끼는 전쟁터에서 돌아와
깨끗한 옷으로 갈아입고
그들의 형제들과 나무 밑을 거닐며
더 이상 아무 짓도 하지 않으리라.

내가 바라는 것은
이 완벽한 정지 속에서
당황하지 말 것.
삶이란 바로 그러한 것

나는 죽음을 실은 트럭을 원하지 않는다.
만일 우리가 우리의 삶을 어디론가 몰고 가는 것에
그토록 열중하지만 않는다면
그래서 잠시만이라도 아무 것도 안 할 수 있다면
어쩌면 거대한 침묵이
이 슬픔을 사라지게 할지도 모른다.
우리가 우리 자신을 결코 이해하지 못하는 이 슬픔
죽음으로 우리를 위협하는 이 슬픔을.
그리고 어쩌면 대지가 우리를 가르칠 수 있으리라.

모든 것이 죽은 것처럼 보이지만
나중에 다시 살아나는 것처럼.

이제 내가 열둘을 세리니
그대는 침묵하라.
그러면 나는 떠나리라.

파블로 네루다

제가 홀로

나의 주님 나의 하나님
저는 제가 어디로 가고 있는지 모릅니다
저는 당장 제 눈 앞에 있는 길도 보지 못합니다
저는 그 길이 어디서 끝나는지도 확실히 알지 못합니다
그러나 제가 당신을 기쁘게 해드리려는 그 목마름이
당신을 기쁘게 해드린다는 것을 믿습니다
그리고 제가 하는 모든 것 안에서 그러한 목마름을
지니기를 바랍니다
저는 그런 목마름을 떠나서는
어떤 것도 결코 원하지 않습니다
그렇다면 비록 제가
당신께 이르는 길에 대하여 아무것도 모를지라도
저는 당신께서 저를 바른 길로
이끌어 주시리라는 것을 압니다
그러므로 저를 잃어버리게 되는 것처럼 보이고
제가 죽음의 그늘에 머물러 있는 것처럼 보일지라도
저는 언제나 당신을 믿고 의탁하겠습니다
당신이 늘 저와 함께 하시니 저는 두려워하지 않습니다
당신께서는 제가 홀로 위험에 직면하도록
저를 떠나지 않으실 것입니다

토머스 머튼의 <기도> 중에서

마더 테레사

기도는 기쁨입니다

기도는 하느님의 사랑을
비추어주는 햇빛과 같습니다.

기도는 영원한
생명을 향한 희망입니다

기도는 여러분 모두와
나를 위해서 타오르는
하느님 사랑의 불꽃입니다.

서로를 위해 기도합시다.

이것이 가장 훌륭한
사랑의 방법이니까요.

오늘 하루도 하느님의
사랑의 빛으로 가득하기를!

마더 테레사

2

점심 기도

봄의 노래 (피파의 노래)

시절은 봄
봄날 아침
아침 일곱 시
언덕 중턱엔 이슬방울 진주되어 맺히고
종달새는 높이 날고
달팽이는 가시나무 위를 기네
하느님 하늘에 계시니
온 세상이 좋네

로버트 브라우닝

일어섬

하나님은
우리가 몸부림칠 때
우리가 일어서도록 도우십니다.
땅에서 올라오는 나무처럼.
우리 존재의 혼란과, 풍요와
어둡고 흐린 자리까지
우리의 뿌리가 다다릅니다.
그리고 깊은 곳에 있는 양분을 찾아서
단단히 우리를 붙잡습니다.
그것은 항상 연결됩니다.
태양을 향해 위로 성장합니다.
아멘.

마이클 루닉

씨를 뿌리는 자

눈물을 흘리며 씨를 뿌리는 자는 기쁨으로 거두리로다
울며 씨를 뿌리러 나가는 자는 반드시 기쁨으로
그 곡식 단을 가지고 돌아오리로다

시편 126편 5~6절

느린 순환의 시간를 살아가기

우리를 더디게 하고 인내토록 하는 모든 것,
우리를 자연의 느린 순환의 시간 속으로
우리를 늦추게 하는 모든 것은
쓸모 있습니다.
정원 일은 은총의 도구입니다.
정원의 입구는 항상 거룩한 곳에 열려 있습니다.

메이 사튼

The Buddha, Odilon Redon

기도

당신 앞에 무릎을 꿇습니다
바다여
우리의 병든 몸과 마음을 고쳐 주셔요
그 깊고 푸른 호흡으로 우리를 고쳐 주셔요
당신 앞에 무릎을 꿇습니다
산이여
우리의 병든 욕망을 치유해 주셔요
그 깊고 푸른 호흡으로 우리를 치유해 주셔요

당신 앞에 무릎을 꿇습니다
강이여
우리의 병든 잠을 고쳐 주셔요
그 푸른 시냇물 소리로 편안한 잠자리를 되찾게 해 주셔요

당신 앞에 무릎을 꿇습니다
우리 내면에 있는 여래여
우리의 병든 과학을 고쳐 주셔요
모든 생명에 봉사하는 과학의 길을 찾아 주셔요

당신 앞에 무릎을 꿇습니다
나무여

우리의 침울해 하고 슬퍼하는 마음을 축복해 주셔요
그 곧게 선 푸른 모습에서
우리들도 또한 조용하고 깊게 곧게 설 수 있는 길을
배울 수 있게 해 주셔요

당신 앞에 무릎을 꿇습니다
바람이여
우리들의 닫힌 호흡을 풀어 헤쳐 주셔요
그 큰 푸른 길로 해방시켜 주셔요

당신 앞에 무릎을 꿇습니다
하늘이여
우리의 산란한 마음을 가라앉혀 주셔요
그 한없이 푸른 투명함으로 진정시켜 주셔요

당신 앞에 무릎을 꿇습니다
대지여
우리들의 병든 문명 사회를 고쳐 주셔요
그 깊고 푸른 호흡의 당신을 우리에게 주셔요

야마오 산세이

은총 안에 그것을 두세요

일을 신속하게 마치고
너무 오래 논쟁과 열기에 빠져들지 마세요…
듣는 데는 신속히 하고
말하는 데는 천천히 하세요,
그리고 모든 말들을 성숙되도록
은총 안에 그것을 두세요.

조지 폭스

깨어있는 삶

불교의 모든 것 가운데서 가장 중요한 가르침은 무슨 일이 일어나고 있는지 알고서, 깨어있음 가운데 사는 것입니다. 여기 저기서 무엇이 일어나고 있는지를 아는 것. 예를 들어, 당신이 빵 한 조각을 먹을 때, 당신은 밀이 자랄 때 우리의 농부들이 화학적 독극물을 어느 정도로 많이 사용하는지를 알면서 선택할 겁니다. 우리가 고기를 먹을 때 또는 술을 마실 때, 우리는 40,000명의 아이들이 매일 굶주림으로 죽는다는 것을 알며 생각할 수 있습니다. 그리고 한 덩어리의 고기 또는 한 병의 술을 만들기 위해 우리는 많은 곡식을 사용합니다. 그러나 한 컵의 곡물은 한 덩어리의 고기를 먹는 것보다 세상의 고통과 더 많은 조화를 만들어 냅니다…

매일 우리는 평화와 관련된 중요한 일을 하며, 중요한 일에 처해 있습니다. 만일 우리가 우리의 물건들을 보고, 소비하는 방법들과 우리의 삶의 양식을 제대로 안다면, 우리가 사는 현재의 순간에 평화를 바르게 만드는 법을 알 겁니다.

틱 낫 한

선량과 온유의 기도

연약함이 아닌 온유함,
격한 내적 감정을 지배하는 사랑의 힘,
이러한 온유함을 가르쳐주십시오.

비굴하지 않는 겸허,
이웃을 위해 자신의 일을 잊고 스스로 낮추고
소중히 여기는 겸허를 가르쳐주십시오.

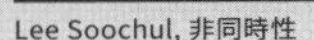

Lee Soochul, 非同時性

단순한 마음의 공감이 아닌 참된 선의,
이웃을 이해하고 받아들이고 그를 위해
최선을 다하며 사는 법을 가르쳐주십시오.

자기 것에 온통 정신을 빼앗겨버려
이웃의 일을 보고 외면하지 않고 참 뜻에서
스스로를 삼가할 줄 알며,
이웃의 인격을 마음으로부터 받아들이고,
자유를 존중하는 법을 가르쳐주십시오.

있는 그대로의 이웃을 알고
결함을 보면서도 그를 이해하며
그의 마음 속에 있는 선과
하느님 은혜의 역사에 신뢰하며
존중하는 법을 가르쳐주십시오.

이상하리만큼 예민하고,
공연히 어루만져 주는 값싼 동정이 아니라,
참 온유함이 무엇인지 가르쳐주십시오.

J. 갈로

모든 것은 때가 있습니다

당신의 인생에서
당신이 가는 길은
똑같지 않습니다.
행복의 때가 있고, 고통의 때가 있습니다.
풍부할 때가 있고, 가난할 때도 있습니다.
희망의 때가 있고, 절망의 때가 있습니다.
세울 때가 있고, 허물 때가 있습니다.
그러나 하나님은 모든 것을 통해
당신을 확고히 붙잡고 있습니다.

작자미상

무지개가 늘 너의 어깨에 가닿기를

하늘의 따스한 바람이 그대의 집에 부드럽게 불기를.
위대한 정령이 그 집에 들어가는 모든 사람들에게
축복을 내리시기를.
너의 가죽신이 눈 위에 행복한 발자국을 남기기를.
그리고 무지개가 항상 너의 어깨에 닿기를.

체로키족의 기도

The Cotton Picke, Winslow Homer

아일랜드인들의 여행 축복 기도

그 분이 네 앞에 계심은
네게 바른 길을 보여 주시려 함이며
그 분이 네 옆에 계심은
그 팔로 너를 안아 주시어
너를 보호해 주려 하심이다.
그 분께서 네 뒤에 계심은
음흉하고 나쁜 사람들로 부터.
너를 지키려 하심이니
그 분이 네 아래에 계심은
네가 넘어질 때 널 받아 안으시려 함이고
또 너를 올가미에서 빼내려 하심이다.
그 분이 네 안에 계심은
너를 위로 하려 하심이다,
네가 슬퍼 할 때에.
그 분이 네 주위에 계심은
너를 지키기 위함이시니
다른 이들이 너를 덮칠 때에.
그 분께서 네 위에 계심은
너를 축복하려 하심이다.
좋으신 주님은 이렇게 너를 축복하신다.

아일랜드의 축복기도

나는 당신의 길에 먹구름이 없기를 바라지도
안락한 삶을 살기를 바라지도 않습니다.

나는 당신이 결코 후회하지 않고
고통도 느끼지 않기를 바라지 않습니다.
이러한 것들이 없기를 바라는 것이
당신을 위한 나의 바람이 아닙니다.

당신을 위한 나의 바램은
다른 이들이 당신의 어깨에 십자가를 놓을 때,
이 시련의 때에 용감히 맞서는 것입니다.

산을 오르고 바위의 틈들을 가로지를 때
희망이 비쳐 오리라!

하느님께서 주신 모든 선물들이
당신과 함께 자라나고
당신은 기쁨의 선물들을
당신을 사랑하는 사람들에게 나누십시오.

당신이 신뢰할 수 있고
당신이 슬퍼할 때 도움을 주며
매일의 삶에서의 폭풍을 당신 편에서 맞서는
친구라 불릴만한 벗과 언제나 함께 할 것입니다.

내가 당신께 바라는 또 다른 한 가지 바람은
당신이 느낄 기쁨과 고통의 모든 시간에
하느님께서는 당신과 가까이 계실 것입니다.

이것이 내가 당신께 그리고
당신을 사랑하는 사람들을 위한 나의 바램입니다.

이것이 당신을 위한 나의 영원한 희망입니다.

아일랜드 축복기도

당신에게 성숙한 친구가 많기를 기도합니다
그들이 취향과 건강이 성숙하며,
이 유리잔의 내용물만큼이나
인기좋은 친구들이길
진심으로 바랍니다.

쌀쌀한 저녁에 따스한 말이 있기를,
어두운 밤에 보름달이 있기를,
집으로 향하는 편안한 내리막길이 있기를 기도합니다.

당신 머리카락 한 올 한 올이 촛불 되어
천국으로 가는 길 비춰주기를,
그분께서
그 힘든 세월 모두 거두어지시길 기도합니다.

당신감자에는 서리가 내려앉지 않기를,
양배추가 벌레먹지 않기를 기도합니다.
당신네 염소에게 염소 젖이 많이 나오고,
만약 당나귀를 산다면
당나귀가 튼튼한 새끼를 낳도록 도와주소서!

A Dream of Christmas, George Hitchcock, 1913

3

저녁과 밤의 기도

내어 맡김

앉으세요.
모든 것을 놓아버리고
깊은 숨을 쉬세요.
천천히 숨을 내쉬세요,

쥐었던 손을 펴고
긴장을 풀고서
편하게 자세를 취하세요.
마음을 놓아주세요.

어떠한 규칙도 없이
어떠한 목표도 없이
마음을 가볍게 하고.
영혼이 고요에 젖어들게 하세요.

(내면의) 아이의 응석을 받아주며
비난하지 말고
자신을 온전히 내어주세요.
하나님 안에서 푹 쉬세요.

줄리아 팔레스트리나

Belsky, Nikolay Petrovich Bogdanov

얼마나 경이로 가득차 있는지

하루하루 시간들이 지나가고, 한 해 두 해 많은 세월들이 사라져가면서, 우리는 기적들 사이를 눈을 감고 무감각하게 걷습니다. 오 거룩하신 주님, 우리의 눈이 온전히 보게 하시고, 우리의 마음을 깨달아 알게 하여 주소서. 지금 이 순간이, 당신의 현존이 우리가 걷는 어둠을 비추는 빛과 같은 시간이 되게 하소서. 우리가 응시할 때마다 떨기나무가 없어지지 않고 타는 것을 볼 수 있게 도와주소서. 당신에 의해 만들어진 진흙 같은 우리가 거룩함에 다다르고, 경이로움 속에 외칠 것입니다. "이곳은 놀라움으로 가득 차 있었는데, 우리는 그것을 알지 못했습니다."

레이첼 나오미 레멘

말없는 기도

때때로 나는 말로 기도하지 않습니다
내 손으로 내 마음을 취해
주 앞에 올려놓습니다
그가 이해하시므로 나는 기쁩니다

때때로 나는 말로 기도하지 않습니다
주님의 발 앞에 영혼의 고개를 숙이고
주님의 손을 내 머리에 얹게 하여
우리는 조용하며 달콤하게 사귐을 나눕니다

때때로 나는 말로 기도하지 않습니다
피곤해진 나는 그냥 쉬기만을 바랍니다
내 약한 마음은 구주의 온유한 품 속에서
모든 필요를 채웁니다

마사 스넬 니컬슨

기도하는 뿌리깊은 나무

기도로 자신을 적시어라.
기도를 제외한 준비는 준비가 아니다.
충분히 준비한다는 것은
곧 충분히 기도한다는 말이다.

충분한 기도는 나무가 자랄 수 있도록
뿌리에 충분한 영양분을 제공해 주는 것과 같다.
기도가 없는 사람은 뿌리가 없는 나무와 동일하다.
그 나무는 잠시 서 있는 것 같으나
실상은 죽은 나무요 쓰러질 나무이다.
기도하며 성경 공부를 하는 것,
이것은 뿌리깊은 신앙으로 자라게 해 준다.

기도하며 업무를 시작하고 진행하는 것,
이것은 업무를 효율적으로 만들어 준다.
기도하고 성경을 읽는 것,
이것은 자신의 영혼을 튼튼하게 해 준다.
기도하며 자신의 인생을 설계하는 것,
이것은 자신의 인생을 굳건하게 해준다.
기도하며 자녀를 양육하는 것,

이것은 자녀들의 인생을 굳건하게 해준다.

기도로 세워진 인생의 집,
어떠한 풍랑이 와도 결코 무너지지 않는다.
왜냐하면 하나님께서 기도한 사람의 인생을
온전히 책임져 주시기 때문이다.
기도가 없는 사람은
뿌리가 없는 나무와 같다.

피러스 12세

내 눈빛을 꺼주소서

내 눈빛을 꺼주소서, 그래도 나는 당신을 볼 수 있습니다
내 귀를 막아주소서, 그래도 나는 당신의 목소리를 들을
수 있습니다
발이 없어도 당신에게 갈 수 있고
입이 없어도 당신의 이름을 부를 수 있습니다
내 팔을 부러뜨려주소서, 나는 손으로 하듯
내 가슴으로 당신을 끌어안을 것입니다.
내 심장을 막아주소서, 그러면 나의 뇌가 고동칠
것입니다.
내 뇌에 불을 지르면, 나는 당신을
피에 실어 나르겠습니다

라이너 마리아 릴케

기도

물결이 천천히 모래사장을 덮어씌우듯이
저의 일과를 차분히 채우게 해 주소서.

조용히, 부드럽게, 남의 눈에 띄지 않게,
널리 퍼져가는 잔물결 마냥
겸허한 사람이 되게 해 주소서.

굼뜬 형제들을 기다렸다가,
그들과 보조를 맞추어 함께 올라가게 해 주시고
저 인내에 찬 조용한 파도의 승리를 저에게도 주소서.

물러설 적마다 그것이 전진하는 기회가 되게 하시고,
드맑은 물의 산뜻함이
제 얼굴에서 배어나게 해 주십시오.

또 저의 영혼에는
바위에 닿아 부서진 저 물거품의 순백함을 주시고,
햇빛이 물결을 노래하게 하듯
제 인생을 당신 빛으로 밝혀 주소서.

그러나 무엇보다도 주여,
주님의 빛을 저에게만 비추지 마시고
제 곁의 사람들 모두가
당신의 영원한 은총에 흠뻑 젖게 하소서.

미쉘 콰스트

The Calm Sea, Gustave Courbet

평온함을 비는 기도

하느님!
제가 바꿀 수 없는 것들은 그대로 받아들일 수 있는
평온함을,
바꿀 수 있는 것들은 바꿀 수 있는 용기를,
그리고 이 둘 사이의 차이를 알 수 있는 지혜를 허락하소서.

하루를 살아도 한껏 살게 하시며
한순간을 살아도 실컷 즐기게 하소서.

시련을 평화에 이르는 통로로 받아들이게 하시며,
죄 많은 세상을 제 방식대로가 아니라
주님의 뜻에 제가 순종하기만 하면
주님께서 세상만사를 온전한 길로
이끄실 것이라는 믿음을 갖게 하소서.

그리하여 저로 하여금 이 세상에서 적당히 행복하게 하시며,
저 세상에서 주님과 더불어 가장 행복하게 하소서.

라인홀드 니버

따뜻하고 촉촉하고 짭쪼롬한 하느님

… 숲 속 깊은 곳에서
나는 나의 하느님이
나무들 사이를 뛰어다니고,
반짝이는 햇살을 빙빙 돌며,
바람결을 쓰다듬는 것을 보았다
풀잎들이 향기로운 공기를 일으키며
일어서고 쓰러지는 곳에서
나는 그녀의 포착하기 어렵고, 자유롭고
어디서나 춤추는 아름다움을 냄새 맡았다

도시 한가운데서
나는 나의 하느님이 술집에서 울고,
눈부신 빛 아래 배회하며,
질주하는 차를 잽싸게 피하는 것을 보았다
여인들이 불빛을 저주하며
뚜쟁이질하고 강간당하는 거기서
나는 격렬하고 깊은 그녀의 존재가
흐느끼는 것을 보았다

내 마음 깊은 곳에서
나는 내 하느님이
내 중년의 뼈를 소생시키고
내 모든 "그러나"들을 제지시키며
내 배에서 발길질하는 것을 보았다
내 정신이 무아지경에 들어가
오랫동안 잠들어 있던 거기서
따뜻하고, 촉촉하고, 짭조롬한 하느님이
일어나서
함께 춤추자고 하셨다

에드위나 게이틀리

기도

주님! 기도한다는 것은
당신께 눈길을 돌리는 것입니다.

그런데 제가 정말 당신을 사랑한다면,
당신이 언제나 제 앞에 계신데 어찌
눈길을 돌리지 않을 수 있겠습니까?

우리가 더없이 사랑하는 사람이 앞에 있다면
그에게서 눈길을 돌릴 수 없을 것입니다.

제자들이 당신께 청했듯이
"기도하는 법을 가르쳐 주십시오."

아아, 하느님,
기도의 때와 장소는 잘 선택되었습니다.

저는 지금 제 작은 방에 있습니다.
때는 밤, 모든 것이 잠들어 있습니다.

빗소리와 바람소리 밖에는 들리지 않습니다.

멀리 들리는 닭 우는 소리는
당신 수난의 밤을 생각게 합니다.

저에게 기도하는 법을 가르쳐 주십시오.
하느님, 이 고독, 이 적막 속에서……
"그렇다. 내 아들아,
언제나 끊임없이 기도해야 한다.

네가 원하는 모든 일을 하면서 기도하여라.
읽을 때도, 일할 때도,

걸을 때도, 먹을 때도, 말할 때도
늘 나를 눈앞에 그리며 끊임없이
나에게 눈길을 보내며,

네가 할 수 있는 대로 나에게 말을 하여라.
네 눈길을 늘 나에게 보내어라."

샤를 드 푸코

In the garden, Vladimir Gusev

영적 존재

우리는 영적 체험을 하고 있는 육체적 존재가 아니라
육체적 체험을 하고 있는 영적 존재입니다.

삐에르 떼야르 드 샤르뎅

기다리는 믿음

무엇보다, 천천한 영혼the Spirit의 작업을 믿기를.
우리는 모든 일이 바로 그 끝에 이르기를 바라는
성급한 성향이 있다.
그 중간의 단계들은 뛰어넘으려 한다.
알려지지 않은
새로운 무언가에 이르는 길 위에서
우리는 참을성이 없다.
그러나 성장은 언제나
불안정한 단계들을 거치고
오랜 시간이 걸리는 과정을 통과하며
이루어지는 법.

그러므로 성장은 너와 함께 이루어진다.
너의 생각은 천천히 익는다.
자라게 하라, 생각이
스스로 모습을 드러내게 하라.
성급함으로 설익지 않게.
힘으로 밀어붙이지 말라.
네가 원하는 내일이 언제 올지 알 수 없어도
오늘에 머물라,

너의 선한 의도의 씨앗에
은총과 자연의 토양이 작용할 시간이 필요하니.

누가 말할 수 있는가? 네 안에 천천히
자라고 있는 이 새로운 싹이 무엇이 될 것인지를.
영혼이 너를 이끌고 있음을 믿는 이로움을 자신에게
허락하고,
오늘 네가 느끼는 불안함,
완전하지 않음을 받아들이라.

삐에르 떼야르 드 샤르뎅

들어주세요.

당신에게 무언가를 고백할 때
그리고 곧바로 당신이 충고하기 시작할 때,
그것은 내가 원한 것이 아니었습니다.
당신에게 무언가를 고백할 때,
내가 그렇게 생각하면 안 되는 이유를
당신이 말하기 시작할 때,
그 순간 당신은 내 감정을 무시한 것입니다.
당신에게 무언가를 고백할 때,
내 문제를 해결하기 위해 당신이
진정으로 무언가를 해야겠다고 느낀다면
이상하겠지만
그런 것은 아무런 도움도 되지 못합니다.
기도가 사람에게 도움을 주는 것은
아마 그런 이유 때문이겠죠.
왜냐하면
하나님은 언제나 침묵하시고
어떤 충고도 하지 않으시며
일을 직접 해결해 주려고도 하지 않으시니까요.
하나님은 다만 우리의 기도를
말없이 듣고 계실 뿐

우리 스스로 해결하기를 믿으실 뿐이죠.
그러니 부탁입니다.
침묵 속에서 내 말을 귀기울여 들어 주세요.
만일 말하고 싶다면
당신의 차례가 올 때까지 기다려주세요.
그러면 내가 당신의 말을
귀기울여 들을 것을
약속합니다.

작자 미상, 앤소니 드 멜로 제공

Christmas Morning, Henry Mosler

크리스마스의 과제

천사들의 노래가 조용해질 때
하늘의 별들이 사라졌을 때,
왕들과 왕자들이 편안히 머무를 때,
목동들이 그들의 양떼에게로 돌아갔을 때,

크리스마스의 과업은 시작됩니다.

잃어버린 사람들을 찾고
상처받은 사람들을 고치며
굶주린 사람들을 먹이고
옥에 갇힌 사람들을 풀어주며
나라들을 다시 세우며
사람들 가운데 평화를 가져오며
마음에 음악을 만들어 냅니다.

하워드 서먼

아베마리아

나는 서둘러 십자를 긋는다
낙엽 쌓인 가슴, 오솔길의 안쪽에.

아베마리아, 마리아시여,
밤이 오면 저는 기차를 타야 합니다.
저는 어디로 가야 하는 것인지요.

내 손수건은 새 것이다.
하지만 내 눈물은 이미 낡았다.

— 다시금 만날 날은 없으려나.
— 다시금 만날 날은 아마 없겠지.

내가 올라가게 해주소서

미요시 타쯔지

모두를 좋아하고 싶어

나는 좋아하고 싶어
무엇이나 어떤 것이나 모두.
파도, 토마토도, 생선도,
남김없이 좋아하고 싶어.

우리 집 반찬은 모두
어머니가 만드신 것.

나는 좋아하고 싶어
누구든지 어떤 사람이라도 모두

의사라도, 까마귀라도,
남김없이 좋아하고 싶어.

세상 것은 모두,
하느님이 만드신 것.

가네코 미스즈

하나가 되어주셔요

님이여 나의 마음을 가져가려거든 마음을 가진 나한지*
가져 가셔요
그리하여 나로 하야금 님에게서 하나가 되게 하셔요
그렇지 아니하거든 나에게 고통만을 주지 마시고 님의
마음을 다 주셔요
그리고 마음을 가진 님한지 나에게 주셔요
그래서 님으로 하야금 나에게서 하나가 되게 하셔요
그렇지 아니하거든 나의 마음을 돌려 보내 주셔요
그러고 나에게 고통을 주셔요
그러면 나는 나의 마음을 가지고 님의 주시는 고통을
사랑하겠습니다.

한용운

* 나를 함께

행복한 풍경

새들도
창 밖에서 기도하는
수도원의 아침

90대의 노老수녀 둘이
나란히 앉아
기도서를 펴놓은 채
깊이 졸고 있네
하느님도 그 곁에서
함께 꿈을 꾸시네

바람이 얼른 와서
기도문을
대신 읽어주는
천국의 아침

이해인

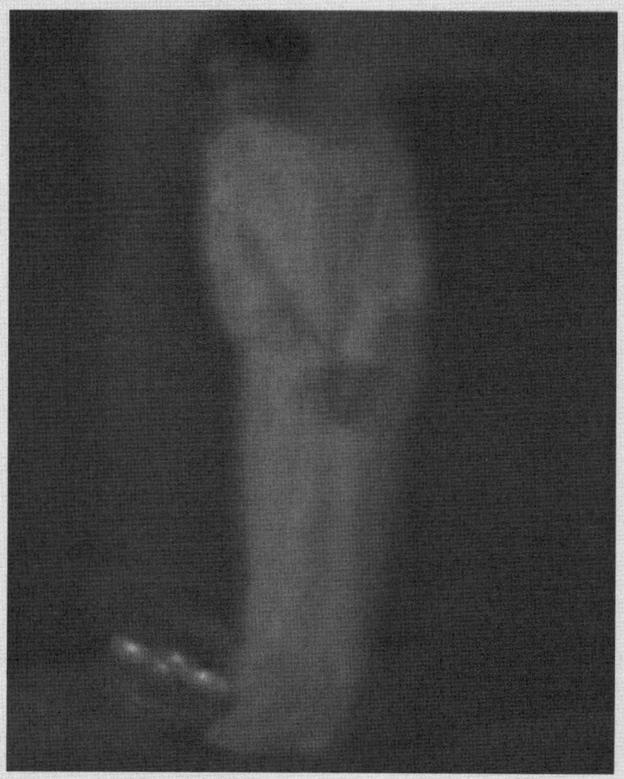

Experiment 27, Stieglitz and White

4

우리의 기도시

묵념

이슥한 밤, 밤 기운 서늘할 제
홀로 창턱에 걸터앉아, 두 다리 늘이우고,
첫 머구리 소리를 들어라.
애처롭게도, 그대는 먼저 혼자서 잠드누나.

내 몸은 생각에 잠잠할 때. 희미한 수풀로서
촌가의 액厄막이 제祭 지내는 불빛은 새어 오며,
이윽고, 비난수도 머구리 소리와 함께 잦아져라.
가득히 차 오는 내 심령은…… 하늘과 땅 사이에.

나는 무심히 일어 걸어 그대의 잠든 몸 위에 기대어라
움직임 다시 없이, 만뢰萬籟는 구적俱寂한데,
희요熙耀히 내려비치는 별빛들이
내 몸을 이끌어라, 무한히 더 가깝게.

김소월

거룩한 노래

꽃보다 고우려고
그대같이 아름다우려고
하늘에 땅에 기도를 했답니다.

신神보다 거룩하려고
그대같이 순결하려고
바다에서 산에서 노래했답니다.
그리하여 맑고 고운 내 노래는
모두 다 그대에게 드렸더니
온 세상은 태평하옵니다.

김명순

수인이 만든 소정원

이슬을아알지못하는다―리야하고바다를아알지못하는
금붕어하고가수놓여져있다. 수인이만들은소정원이다.
구름은어이하여방속으로야들어오지아니하는가. 이슬
은들창유리에닿아벌써울고있을뿐. 계절의순서도끝남
이로다. 주판알의고저는여비와일치하지아니한다. 죄를
내어버리고싶다. 죄를내어던지고싶다.

이상

팔복 八福
-마태복음 5장 3-12

슬퍼하는 자는 복이 있나니
슬퍼하는 자는 복이 있나니
슬퍼하는 자는 복이 있나니
슬퍼하는 자는 복이 있나니
슬퍼하는 자는 복이 있나니
슬퍼하는 자는 복이 있나니
슬퍼하는 자는 복이 있나니
슬퍼하는 자는 복이 있나니

저희가 영원히 슬플 것이오.

윤동주

평화롭게

하루를 살아도
온 세상이 평화롭게
이틀을 살더라도
사흘을 살더라도 평화롭게

그런 날들이
그날들이
영원토록 평화롭게

김종삼

Lane with Poplar Trees, Vincent Van Gogh

희망

내게 황석어젓 같은 꽃을 다오
곤쟁이 젓 같은, 꼴뚜기젓 같은
사랑을 다오
젊음은 필요 없으니
어둠 속의 늙은이 뼈다귀 빛
꿈을 다오
그해 그대 찾아 헤맸던
산 밑 기운 마음
뻐꾸기 울음 같은 길
다시는 마음 찢으며 가지 않으리
내게 다만 한 마리 황폐한
시간이 흘린 눈물을 다오

윤후명

근심을 주신 하느님께

하느님 감사합니다.
나에게 이토록 많은 근심을 주셔서

하늘은 넓고 갈 길은 막막한데
이토록 자잘한 근심들이 없다면
나는 무엇으로 아침을 시작하며
무엇으로 밤을 마감할 수 있을까요
근심이야말로 분명한 행선지
삶의 공허 앞에 비석처럼 세워진
확실하고도 고마운 하나씩의 이정표

세상은 광막하고 시대는 혼란스러운데
나에겐 자잘한 근심들이 있으니
이 얼마나 다행한 일인가요,
취직걱정 건강걱정 자식걱정에 반찬걱정
주택부금 상호부금 월부책값에 세금걱정
연탄가스 주의보와 동파된 하수구 걱정,
시어머님 생활비와 친정아버지 병원비와

이 조그만 근심들이 있어서
난 우주가 막막하게 텅빈 낯선 것이 아니고
쌀독처럼 친숙한 것이며,
밑도 끝도 없는 적막강산이 아니라
한없이 체온으로 정든
내 헌옷 같은 생각이 들어요.
근심이야말로 정다운 여인숙
그것조차 없다면 삶은 정말 매달릴
것이 없는 백골산의 단애와 같아요

작고 미소한 근심들이여
너는 위대합니다
너야말로 나를 삶에 꽉 매달리게 하는
지푸라기이며
허무의 양손이 우리 상처의 아가리를
끔찍하고도 냉혹하게
그 속으로 죽음같은 극약을 부어넣으려고 할 때
넌 작지만 완강한 손끝으로
상처의 벌어진 틈을 재빨리 오무려 주는
전천후의 자동 단추와 같습니다.

그리하여 우린 잽싸게 그 깊은 허무 속의
막막한 무서움을 잊어버리고

김승희

스승의 기도

날려보내기 위해 새들을 키웁니다
아이들이 저희를 사랑하게 해주십시오
당신께서 저희를 사랑하듯
저희가 아이들을 사랑하듯
아이들이 저희를 사랑하게 해주십시오
저희가 당신께 그러하듯
아이들이 저희를 뜨거운 가슴으로 믿고 따르며
당신께서 저희에게 그러하듯
아이들을 아끼고 소중히 여기며
거짓 없이 가르칠 수 있는 힘을 주십시오
아이들이 있음으로 해서 저희가 있을 수 있듯
저희가 있음으로 해서
아이들이 용기와 희망을 잃지 않게 해주십시오
힘차게 나는 날갯짓을 가르치고
세상을 올곧게 보는 눈을 갖게 하고
이윽고 그들이 하늘 너머 날아가고 난 뒤
오래도록 비어 있는 풍경을 바라보다
그 풍경을 지우고 다시 채우는 일로
평생을 살고 싶습니다
아이들이 서로 사랑할 수 있는 나이가 될 때까지 저희를

사랑할 수 있게 해주십시오
저희가 더더욱 아이들을 사랑할 수 있게 해주십시오

도종환

In the Church, Nikolay Petrovich Bogdanov-Belsky

기도

기도란 무릎 꿇고 두 손 모아 하늘의 소리를 듣는 것이 아니라 바람 부는 벌판에 서서 내 안에서 들려오는 내 음성을 듣는 것이다

이재무

데자뷔

오늘 당신 몸이 어제의 것이 아니듯
내일의 깔끔한 소멸을 위해
오늘도 당신은 기도하며 애씁니다
정신없이 떠돌다가 어느 날
걸음을 멈추고 그 길과 마주하겠지요
홀연히 떠오르는 기억들
사람 사이 뒤엉겨 바뀐 테마처럼
그때 빛은
어느 생을 데자뷔하겠지요

언젠가 와본 곳
언젠가 해본 듯한 움직임
되풀이되는 데자뷔의 시간
끝없이 기도해도
미치도록 되풀이되는 일들

한성례

기도

나는 무릎 꿇지 않네
무릎 시려오고
무릎이 쑤셔오는
내 삶에게나 꿇으면 꿇지
나는 아무에게나 무릎 꿇지 않네
그러나 어찌하여,
오늘 나는 이 무릎을 데리고 나가

무릎이 해지도록 꿇고
또 함부로 꿇고는 있지
들에 나가
초록에게나
한없이
한없이

최창균

겨울에 한 해가 바뀌는 이유

우리가 겨울에 한 해를 보내고 한 해를 맞는 것은
일부러 하느님이 그렇게 계절을 가져다 놓은 것일 거야
사람들이 좀 추워하면서 반성하면서 긴장하면서
눈처럼 부드럽고 시련을 견디고 살얼음판도
걸어보라고
무엇보다 따뜻하다는 것이 얼마나 중요한가를
다른 사람의 난로가 되어준 사람인가를 시험하려는
하느님의 참으로 오래고 오랜 계획일 거야
추울 때 모든 것이 얼어붙었을 때 그 사람을 보려는
것이지
겨울에도 눈꽃을 피우는 나무의 의지를 보여주고
얼음장 밑에서 키가 크고 버티는 물고기와 수초도
보여주고
일만 하지 말고 잠깐 멈추어 삶의 연장을 수리하라는
것이겠지

성장만 하지 말고 이불 속에 움츠려 꿈도 꿔보라는
명령이겠지
사람들이 함부로 헌 해를 보내고 새해를 맞을까 봐
염려가 되어서 하느님은 겨울에 한 해를 바꾸는 것일
거야

공광규

어김없이 술 취해 오셨는데

아부지 술 드시면
술냄새 풍기는 벌건 얼굴 다가와
반드시 내 머리맡에 십원 지폐 놓으셨네

여섯살 나는 즐거웠지
일어나자마자 십원 지폐 들고
병천이네 하꼬방 구멍가게로 달려가
사각형 카스테라 덴뿌라 꽈배기 사 먹었지
구멍가게는 나니아 연대기 장롱이었어
망망한 눈동자의 나라, 저 심연이 무서워
들어가지 않고 밖에서 십원 드밀면
어둠 속에서 동네 아이들 잠지 따먹을 거 같은
해골이빨 할머니 사시나무 손가락 스르르 나왔지

내 기도 반드시 이루어졌어
하나님, 아버지 술 마시게 해주세요
딱지치기 구슬치기 하다가
골목길 시멘트 쓰레기통에 고사리손 모아 기도했지
아부지, 술 마시고 와라, 술 취해 와라
내 주문에 맞춰

술통 아부지
어김없이 술 취해 왔지
내 머리맡에 십원 지폐 놓으셨지 반드시

무서운 기복신앙의 시작이었어
아버지 술냄새
세빠빠 십원 지폐

오늘 고무줄에 바람 넣어
플라스틱 목마 타고, 이랴
십원 지폐 들고 달리네
쉰 살의 막내
아부지 술무덤으로 가자, 이랴

김응교

Bird Scaring, George Clausen

영흥도 소사나무를 위한 기도 2

모든 나무는 기도하며 서 있다

소사나무 아래 기도할 때
생을 통째 드러낸
얽히고 설킨 뿌리 사이
사과와 배들이 박혀 있다

김영산

숨바꼭질

흰 눈이 펑펑 내리는 날
애절하게 듣고픈 목소리는 어디에 있을까
그 길고 아득한 시간 어디로 녹아 사라졌을까
삶은 살아 숨쉬는 내내 숨바꼭질이다
눈감고 파랑새꽃이 피었습니다를 아무리 외쳐도
길은 길마다 칡넝쿨같이 얽혀 어렵기만 해라

파랑새를 찾았다는 환호성과 박수소리
흠칫 깨어 둘러보면
아직도 갈 길은 멀어라
신이시여
넘쳐오르는 파도와
눈보라치는 가시밭길이어도
굳건히 견뎌낼 강한 힘과 담력을 주소서

김홍국

소멸의 방

마음의 병을 앓는 화가에게서 스티커 한 장을 받아들고
줄지어 문 앞에 섰습니다
방은 순결하여 온통 하얗습니다
한 점 한 점 붙여놓은 생애
신의 몸을 받으려 두 손 모아 올렸던 그 마음
벽과 벽 사이 구석진 곳에 노란 스티커를 붙이자
누군가 숨 쉬고 있다고
초록과 빨갛고 파란 물방울들이 세차게 솟아올라
바람을 부르는 오색 깃발 아래 모였습니다

이제, 바람의 말을 타고 달려가겠습니다
흔들리는 불꽃을 달고
산 사람의 몸을 불사르듯
죽은 이의 영혼을 태워
들짐승처럼 빠르게
북쪽으로 가겠습니다
아홉 개의 산을 넘을 때
힘에 부쳐 지치면
그의 다리가 되어
한 개 점으로 사라지겠습니다

이민호

촛불

촛불도 없이 어떤 기적도 생각할 수 없이
나는 어두운 계단 앞으로 나아갔다
그때 난 춥고 가난하였다 연신 파랗게 언 손을 비비느라
경건하게 손을 모으고 있을 수도 없었다
그런데 얼마나 손을 비비고 있었을까
그때 정말 기적처럼 감싸쥔 손 안에 촛불이 켜졌다
주위에서 누가 그걸 보았다면, 여전히 내 손은 비어있고
어둡게 보였겠지만
젊은 날, 그때 내가 제단에 바칠 수 있던 건
오직 그 헐벗음뿐, 어느새 내 팔도 훌륭한 양초로 변해
있었다
나는 무릎을 끓고 어두운 제단 앞으로 나아갔다
어깨에 뜨겁게 흘러내리는 무거운 촛대를 얹고

송찬호

2분간

그녀, 2분을 못 기다린다
손주녀석 양말 신고 옷 걸치고 나올 2분이 너무 길어서
도로 방으로 들어가 눕는다
"엄마, 2분이면 되는데…"
2분이 뭐 길다고 신발까지 신고 있는 내 앞에서
서 있기엔 그녀에게 너무 긴 세상에서의 2분간
그래, 그녀와 함께 숨쉬는 그 짧은 2분이라도
연장전처럼 되풀이 이어지길
나의 200시간으로 그녀의 2분을 엮어
지구 위에서 그녀를 매일 2분간만 더 살게 해 달라고
기도할 수 있기를!

이선영

어떤 기다림

늘 한자리에서 웅크리고 있는
그 사이
저녁 여섯 시가
우리 곁을 쓸쓸히 지나쳐가는 사이
미처 생각할 틈도 없이
알지 못하는 곳의 일부가 된 사이
해맑은 얼굴로 서로
다른 말들을 웅얼거리는 사이
꽃이 피거나
구름이 흐르거나
새들이 날아오르는 사이
단 하나의 유일무이한 순간이
우리 곁을 쓸쓸히 지나쳐가는 사이
대체 세상의 무엇이
우리를 구원할 수 있을까 기다리는 사이
아무도 없는 그 사이

배영옥*

* 2018년 가을에 소천한 시인을 애도하고 명복을 빕니다.

Winding the clock, Winslow Homer

울음도 자라서

공을 차다가 아이가 넘어졌다

나는 일으켜 줄 생각도 못한 채
멍이 예쁘게 들었으면 좋겠다고 말하자
아이는 꼭 멍들어야 하느냐 따지며
울었다

엉망진창인 기분으로
두 손 모아 빌며 나는 말했다

푸른 네 울음소리는
잔디밭을 흔들 정도니
옆에 선 어린 소나무가
네 울음 마시고

얘야, 너의 키를 훌쩍 넘길 거야

백연숙

드러머와 나

다만 따뜻한 마음을 담은 주발이었다면

누구였을까
영혼을 툭 치고 건너간 이는
창가에 소녀가 동그마니 앉아 있었다
자그마한 그릇이 데워지고 있었다
빈 그릇은 해를 향해 입을 벌린 채 배를 주렸다
어제 저녁부터 단식을 선언했고
그것은 부조리한 저항이었을지 모른다
한 사람은 막대기로 위협했고
한 사람은 머리채를 쥐고 흔들었다
소녀는 눈물을 흘리지 않는다
오, 울게 하소서

우리는 정말 사랑하지 않았을까
그녀가 눈을 감았을 때
5월은 미끄럽고 주전자는 윤이 났다
한 사람은 후추 통을 흔들고 있었다
몇 사람이 놋쇠 그릇을 긁고 있었다
식탁 위로 올라가 발을 구르다

소녀는 노래하기 시작했다
풍성한 머리칼이 자라는 그릇은 울기 시작했다
그릇된 노래는 부르지 마라
막대기로 때리고 문지를수록
소녀는 진동했고 발작에 가까웠다

다시 생겨날 당시의 용도로 돌아갈 수 없었다

김이듬

사이프러스 성당

사이프러스는 끝이 살짝 휘어져 있다
누가 촛불을 불어 끄듯 훅 바람을 부는 모양이지만
하늘로 휘어진 끝을 붙들고 나무는 고요하게 탄다
사람들이 나무 한 그루 앞에서도
무릎 꿇고 참배할 수 있다면,
나무들의 푸른 수난사와 나무들이 들려주는 복음성가
나무들의 전도서를 들으며 기도할 수 있다면
이 세상 어디가 성지가 아닐까
예비신자 교리교육 시간
사이프러스가 있기에 하늘도 깊이를 지닌다
나무 아래 있으면 하늘은 높은 것이 아니라 깊어서,
하늘을 파고든 사이프러스
면봉처럼 하늘 귀를 부드럽게 후벼주면
들리지 않는 새소리도 들려올 것만 같다
검푸른 수단을 입은 나무
영세식 때 초 한 자루와 함께 남은 생을 다한 뒤
꺼진다고 생각하며 기도를 해보세요
귀가 환해오면 나는, 멀리 있는 사이프러스가
부드럽게 움직이는 거라 생각한다
촛불을 켜고 오직 한 곳을 향해

손택수

릴리의 바다

릴리. 뜰에 서 있네. 배우는 날을 맞아 꽃 앞에 있네. 권세를 얻을 수 있다네. 꽃밭을 누리다가 포도열매를 만났네. 혓바닥과 손가락이 까매지도록 포도를 따먹었네. 뜰은 숨어 있는 곳이네.

릴리. 매일 제사를 지내는 심정으로 견디네. 하루치의 돈을 받고, 한 달 치의 식량을 챙기고, 딸과 아들을 학교에 보내네. 아버지가 된다는 불온함을 절실히 생각하네.

릴리. 재물이 필요하네. 새벽 꽃밭에 앉아 건강과 재물과 평온함을 기도하네. 허물 많은 나를 기도하네.

릴리. 바다에 섰네. 낚시를 드리우고 노래를 부르네. 내일 일은 난 모른다고 노래하네. 물과 땅은 모두 장지葬地였네. 시체가 둥둥 떠다니네. 시체가 흙을 삼키네. 반평생 지었던 집이 부서졌네. 주검의 물을 마시고 주검의 흙에서 자란 곡식을 먹고 컸네.

릴리. 자꾸 묻네. 나는 모르는데 자꾸 묻네. 탕진으로 더럽혀진 몸을 이끌고 바다로 걸어 들어가네. 집은 나의 육체이네. 바다는 내가 다시 태어날 몸이네. 새로운 바다의 시대로 들어가네.

이재훈

죄책감

너와 손잡고 누워 있을 때
나는 창문에서 뛰어내리는 한 사람을 떠올렸다

이 세계의 끝은 어디일까
수면 위로 물고기가 뛰어올랐다

빛바랜 벽지를 뜯어내면
더 빛바랜 벽지가 있었다

선미船尾에 선 네가 사라질까 봐
두 손을 크게 흔들었다

컹컹 짖는 개를
잠들 때까지 쓰다듬고

종이 상자에서
곰팡이 핀 귤을 골라내며

나는 나를 미워하지 않는다
기도했었다

고요했다
태풍이 온다던데

아무런 진전이 없었다

최지인

Gositel, Sim Kyu Dong

축하해 너의 생일을

이 거리의 순간에 서서
네가 나한테 음악을 들려주고
선물을 건네고 생일 축하해요, 말하고
축하 노래를 부르며 내 이름 앞에 사랑하는, 수식하는 것이
나를 특별한 사람으로 만들고 있었다
너는 기도하고 꿈을 꿨다고 말했다
언젠가 네가 지나간 꿈이 아닌 꿈으로 특별해질 수 있다면
나는 너의 꿈이 되겠다고, 죽고 싶지 않은 이유가 되거나
죽고 싶을 때는 꿈 속에서 오랫동안 다른 세계에 머물고
네가 적는 가사의 일부가 되겠다고
그런 생각을 하는 동안 음악이 계속 흐르는데

양안다

사월의 종이 울리면

성당에서 손을 모으고 잠든 너는 꿈을 꾼다
볼 수 없는 사람들이 하나하나 돌아오는 꿈을

기도하는 얼굴은 평온하고
기도를 듣는 얼굴은 조각조각 갈라져 있다

종이를 펼치면 날아오는 얼굴들
젖은 페이지마다 목소리가 흐르기 시작한다

주민현

우리 집

오늘은 어느 문을 두드릴까
나무로 만든 문이 어긋나는 소리

몸이 열렸다 닫혔다

옥상에 널어둔 빨래가 마르지 않았다
여름이 왔고 고백하기엔 더운 날이었다

사람들은 두 손을 모으고 있다 손에 자꾸 물이 차서 아무 것도 하지 못 했다

그 비밀은 하늘로부터 나를 이어지게 한다

이서하

황혼의 기도 1

기도한다는 것은 미신도 아니며
하느님에게만 의지하는 것도 아니다
오로지 그지없는 연약함과
서러움을 지닌 인간으로 돌아가는 것이다
소노 아야꼬

더는 살아 낼 수가 없을 것 같아
홀로 찬밥에 김치를 얹어 먹는 저녁
보잘것 없는 지팡이처럼 말라서
서서히 중년으로 가고 있다
가죽보다 질긴 가난은 더욱 춥게 만들고
당신을 부르는 내 입은 자꾸 헛소리를 한다
검은 유리창에 비친 나는 유령 같아
이 허기, 쓸쓸함을 더는 견딜 수 없을 것 같아

깊은 우물 환한 두레박 내려 깨우듯
내게 손을 내미소서 남의 슬픔을 듣게 하소서
가을 바람에 단풍나무 불붙듯
힘없는 마음에 불을 지르소서

신현림

The moment apple flower comes to me, Apple travel #8, yesan. Korea
@ Shin HyunRim.Inkjet print.2017

나중이란 없다

인생을 비관했으나 여행하며 이 세상 모든 게 좋아졌다
인생의 짐이 무겁고 가벼운 건 마음 문제라
한 겹 외로움을 껴입고 발걸음은 사뿐 내딛는다
영혼에 눈뜨려 책과 강과 바람을 가득 마신다

우주의 광대함에 눈뜨면 가슴이 파도친다
우주의 광대함에 눈뜨고 온 기쁨 만끽하기
나누는 마음 찾기, 물처럼 흘러가기
돌에 부딪혀도, 갯벌 오가도
같은 물이니 평상심 지키기
나머지는 신의 손길에 맡기기
우주의 광대함에 눈뜨려 다시 노래한다
나중이란 없다고, 지금이 귀한 물씨앗이라고

신현림

5

시인 연보

"eye jewelry" Gangrinpoche Sumisan @Han Sangmooh

마이클 루닉 호주의 유명 카투니스트로 <멜버른 에이지> <시드니 모닝 헤럴드> 등에서 활동. 『펭귄 루닉』『행복이 남긴 짧은 메모들』『누드 세일』『너와 나』『오리에게』 등

메리 올리버 시인. 1935~ 미국 오하이오 출생. 14살 때 시를 쓰기 시작. 『항해는 없다』『미국의 원시』로 퓰리처상 수상

일레인 클리프트 미국소설가 저널리스트

산도르 마라이 헝가리태생의 저평가 된 뛰어난 유럽 작가. 소설『열정』등

로버트 프루스트 1874~1963. 미국 대표시인

척 로퍼 미국의 작가. 출판인

파블로 네루다 1904 ~ 1973. 칠레 출생. 시인. 사회주의 정치가. 1971년 노벨문학상 수상. 대표작으로『지상의 주소』가 있음

토머스 머튼 1915 ~ 1968. 20세기 미국 로마 가톨릭교회의 수도사이자 문필가

로버트 브라우닝 1812 ~ 1889. 알프레드 테니슨과 더불어 빅토리아 왕조 시대를 대표하는 시인

야마오 산세이 1938 ~ 2001. 일본 철학자

J. 갈로 천주교 신부

조지 폭스 잉글랜드 설교가. 선교사. 퀘이커교프렌드회 창설자

틱 낫 한 1926~ 베트남 태생. 세계 4대 생불로 추앙받는 스님

샤를 드 푸코 1858 ~ 1916. 사막의 성자

라이너 마리아 릴케 1875~1926. 오스트리아 출신의 20세기 독일 최고 시인 중 한 명. 언어의 거장. 시인중의 시인으로 불린다. 고독, 불안, 죽음, 사랑 등 깊은 성찰로 명상적, 신비적 시를 많이 썼음

라인홀드 니버 1892 ~ 1971. 미국 신학자

에드위나 게이틀리 영국태생의 선교사

메이 사튼 1912년 미국 출생. 시인이자 소설가

가네코 미스즈	1903 ~ 1930. 일본의 유명한 동시 시인 26세의 나이로 요절. 500여 편의 시를 남김
한용운	1879 ~ 1944. 충남 홍성태생. 48세에 발간한 시공을 넘어 신성함의 예언적 가치를 드높인 세계적인 기념비적 시집 『님의 침묵』에 실린 시중의 한편을 실었다
이해인	양구출생. 시인. 수녀. 강원도 자연과 삶, 수도자의 바람 등 영성과 서정과 영성의 미학을 펼쳐보였다. 시집으로 『민들레의 영토』『내 혼의 불을 놓아』『오늘은 내가 반달로 떠도』 등
김소월	1902 ~ 1934. 평북정주 출생. 시 「진달래꽃」으로 유명한 한국 대표 서정시인. 5, 6년 남짓한 짧은 문단 생활 동안 154편의 시와 시론 『시혼』을 남김.
김명순	1896 ~ 1951. 평양 태생. 1920년대 조선 최초의 여성 작가. 남성권위주의 한국, 남성위주의 문단에서 매장당했다가 100년 만에 민족적 정감과 서정의 시인으로 평가됨
윤동주	1917년 출생. 일제강점기 어둡고 가난한 생활 속에서 인간의 삶과 고뇌를 사색. 「서시」「또 다른 고향」「별 헤는 밤」 등이 있음
김종삼	1921 ~ 1984. 황해도 은율. 시인이 겪는 삶의 참담함과 자신의 깊은 죄의식이 숨김없이 드러난다. 시집 『시인학교』『북치는 소년』 등
김승희	1973년 경향신문 신춘문예 시로, 1994년 동아일보 신춘문예 소설로 당선. 시집 『세상에서 가장 무거운 싸움』 산문집 『벼랑의 노래』가 있고, 장편소설 『왼쪽 날개가 약간 무거운 새』 이상 평전 『제13의 아해도 위독하오』 등이 있음
도종환	1955~ 시인. 문화부 장관 『슬픔의 뿌리』『사람은 누구나 꽃이다』『마지막 한 번을 더 용서하는 마음』『바다유리』 등
이재무	1958년 충남 부여 출생. 시집 『슬픔은 어깨로 운다』 외 시선집 『얼굴』 산문집 『집착으로부터의 도피』 외 2권. 소월시문학상 외 다수

최창균	1960 ~ 1988. 현대시학 등단. 『백년 자작나무 숲에 살자』
공광규	1960 ~ 1986. 월간 《동서문학》 신인문학상으로 등단. 시집 『소주병』『담장을 허물다』『파주에게』 등. 산문집 『맑은 슬픔』
이민호	시인. 문학평론가. 저서로 시집 『참빗 하나』『피의 고현학』 평론집 『도둑맞은 편지』 등
송찬호	1987년 『우리 시대의 문학』 6호로 등단. 시집으로 『흙은 사각형의 기억을 갖고 있다』『10년 동안의 빈 의자』『붉은 눈, 동백』『고양이가 돌아오는 저녁』『분홍 나막신』 등이 있음
한성례	1955년 전북 정읍 출생. 1986년 《시와 의식》으로 등단. 한국어 시집 『실험실의 미인』『웃는 꽃』 일본어 시집 『감색치마폭의 하늘은』 한일 양국에서 많은 시집 번역
이선영	1990 《현대시학》 통해 등단. 시집 『오, 가엾은 비늣갑들』 『글자 속에 나를 구겨넣는다』『평범에 바치다』『포도알이 남기는 미래』 등
김홍국	1965~ 광주 출생. 2005년 국제문예 데뷔. 저서 『넬슨 만델라 위대한조정자』『오바마 2.0』 외 2권
김영산	1965년 전남 나주 출생. 1990년 창작과 비평으로 등단. 시집으로 『하얀 별』 등. 평론집 『우주문학의 카오스모스』 등
김응교	1987년 분단시대에 시 발표. 1990년 한길문학 신인상 수상. 1991년 실천문학으로 평론 등단. 시집으로 『씨앗/통조림』 저서 『박두진의 상상력 연구』『사회적 상상력과 한국시』 등
배영옥	1966 ~ 2018. 대구 출생. 1999년 《매일신문》 신춘문예 시 당선. 『뭇별이 총총』 여행 산문집 『쿠바에 애인을 홀로 보내지 마라』
김이듬	1969 경남 진주출생. 2001 계간 《포에지》로 등단. 시집 『명랑한 팜므파탈』『표류하는 흑발』 에세이 『모든 국적의 친구』 등
손택수	1970년 전남 담양출생. 한국일보 신춘문예로 등단 『목련 전차』『떠도는 먼지들이 빛난다』등

백연숙	1969년 충남 보령 출생. 1996년《문학 사상》으로 등단
이재훈	1972년 강원 영월 출생. 1998년《현대시》로 등단. 시집으로 『내 최초의 말이 사는 부족에 관한 보고서』『명왕성 되다』 등
최지인	1990년 출생. 2013년 세계의 문학 등단. 시집 『나는 벽에 붙어 잤다』
양안다	1992년 충남 천안 출생. 2014년《현대문학》으로 등단. 시집으로 『작은 미래의 책』『백야의 소문으로 영원히』
주민현	『한국경제신문』 시 부문으로 당선. 창작동인《켬》으로 활동 중
이서하	1992년 양주 출생. 2016년 한국경제 신춘문예 『므두셀라』로 등단
신현림	현대시학으로 등단. 시인과 포토그래퍼의 경계를 허무는 전방위 작가. 시집으로 『지루한 세상에 불타는 구두를 던져라』『세기말 블루스』『해질녘에 아픈 사람』『침대를 타고 달렸어』『반지하 앨리스』 근간 『사과꽃 당신이 올 때』 등

사과꽃 현대시 읽기를 펴내며

좋은 시는 우리가 잃어버리기 쉬운 휴머니즘과 여린 감수성, 그리고 최후의 도덕성을 지킬 양심과 죄의식까지 비쳐낼 거울이다. 세속화에 대항하여 시대정신을 정직하게 품고, 어떤 자본의 논리도 뛰어넘는다. 그래서 시 쓰기의 순정과 초심 속에 미학적인 완성도를 높인 시만이 남는다. 이 진실을 가슴에 새기고 <사과꽃 현대시 다시 읽기>는 정성 다한 시집들을 선보일 것이다. 세계 현대시와 그 속의 단단한 한국시로 성장하기 위하여 최선을 다할 것이다.

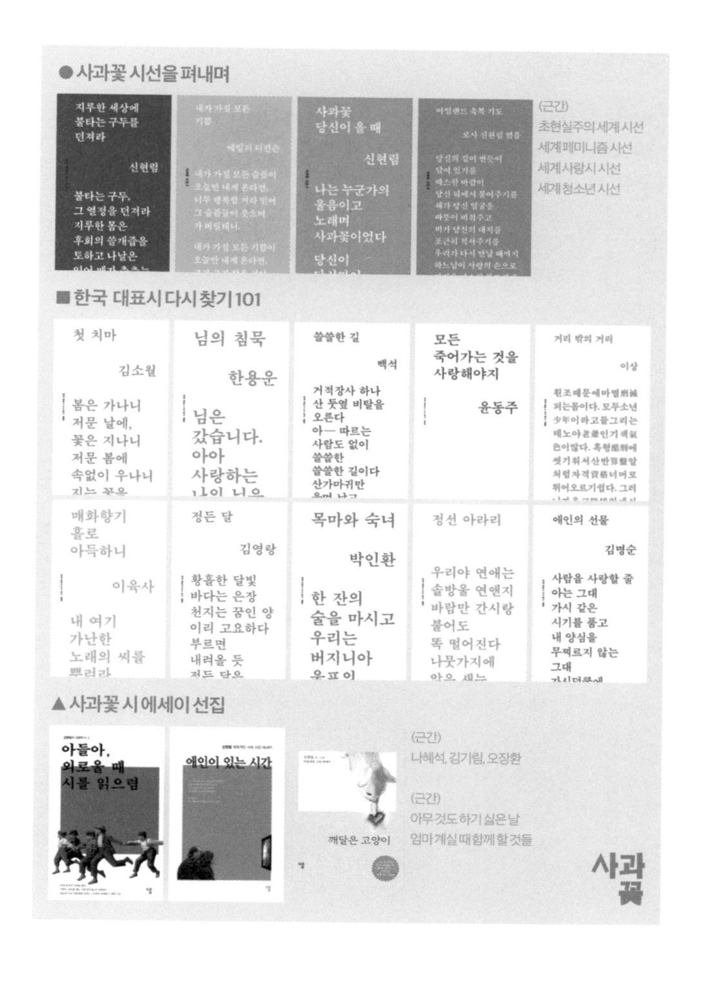

아일랜드 축복기도

1판 1쇄 인쇄	2019년 3월 15일
1판 1쇄 발행	2019년 3월 20일
엮은이	신현림
펴낸이	신현림
펴낸곳	도서출판 사과꽃
	서울 종로구 옥인길74 (3-31)
이메일	abrosa@hanmail.net
facebook	@abrosa7
instagram	hyunrim_poetphotographer
전화	010-9900-4359(010-7758-4359)
등록번호	101-91-32569
등록일	2012년 8월 27일
편집진행	사과꽃
표지 디자인	정재완
내지 디자인	강지우
인쇄	신도인쇄사

ISBN 979-11-88956-08-1(03800)
CIP 2019003559

값 11,000원